それに、おかあさんたちがつくるおばけやしきなんだろ。どうせ、へたなつくりものばかりさ。ちっともこわくないや。
だいくんって、ゆうきあるなあ。
3

でも、くちばっかりじゃ、ないのかい。
じゃあ、こんどのおばけやしきでぼくの　ゆうきをしょうめいしてやるよ。
4

きょうしつは おばけがいっぱい

さとうまきこ　作　　　原ゆたか　絵

きょうは、がっこうの
こどもまつりです。
やきそば、おでん、チョコバナナ《ちょこばなな》。
ヨーヨー《よーよー》つり、わなげ、
にんぎょうげき。
どの　きょうしつを
のぞいても、たのしそう、
おいしそう。

でも、いちばんの
にんきは　ここ、

――おばけやしき。
「ほら、ならんで、ならんで。
わりこみ しないの。」
「五《ご》にんずつ、はいるのよ。
くらいから、ともだちと
てを つないでね。」
かかりの おかあさんが
いいました。

なかからは、

キャーッ《きゃーっ》！

と、おんなのこの
ひめいが
きこえてきます。

「キャアキャア《きゃあきゃあ》　うるさいなあ。」
れつの　せんとうで、
だいくんは　いいました。
「なにが　こわいんだよ。どうせ
おかあさんたちが　つくった
おばけやしきじゃんか。
ねえねえ、ぼく、
ひとりで　はいりたい。」

「しらないわよう。」

と、かかりの

おかあさん。

「いいよ、

いいよ。ぼく、

へいき。」

「じゃ、どうぞ。」

なかへ　はいった
だいくんの　うしろで、
ピシャッ《ぴしゃっ》と　とが
しまりました。

あかるい ろうかに
いたせいで、まっくら……。
だいくんは、さっそく うわぎの したから
かいちゅうでんとうを とりだしました。
「えへへ。これさえ あれば、へっちゃらだい。」

おばけやしきの
なかは、ほそい　めいろの
ように　なって　います。
みぎにも、ひだりにも、きみの
わるい　にんぎょうの　くびが、
ならんで　います。
「だっせー。この　ち。
ケ《け》チ《ち》ャ《ゃ》ッ《っ》プ《ぷ》じゃないか。」

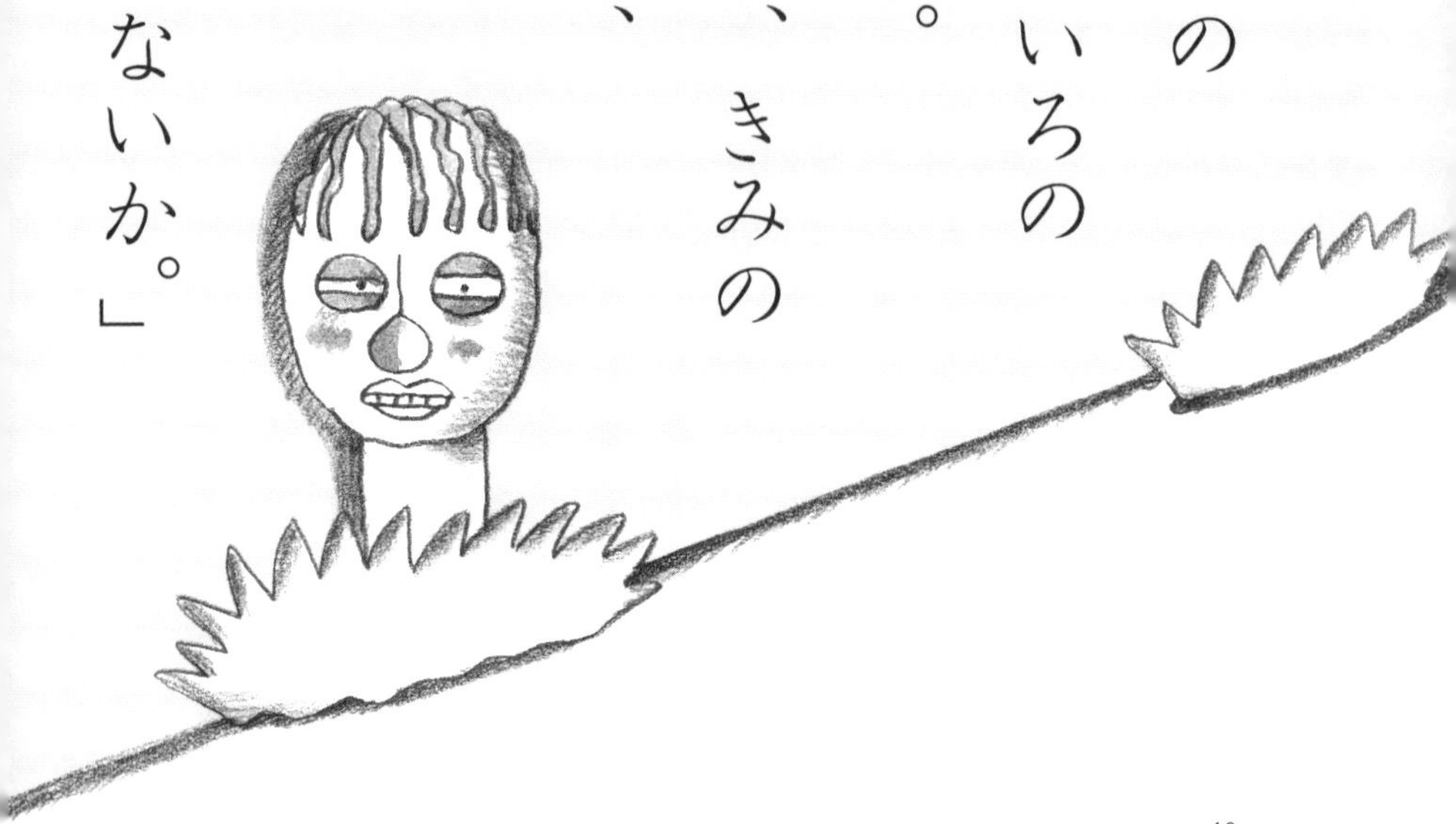

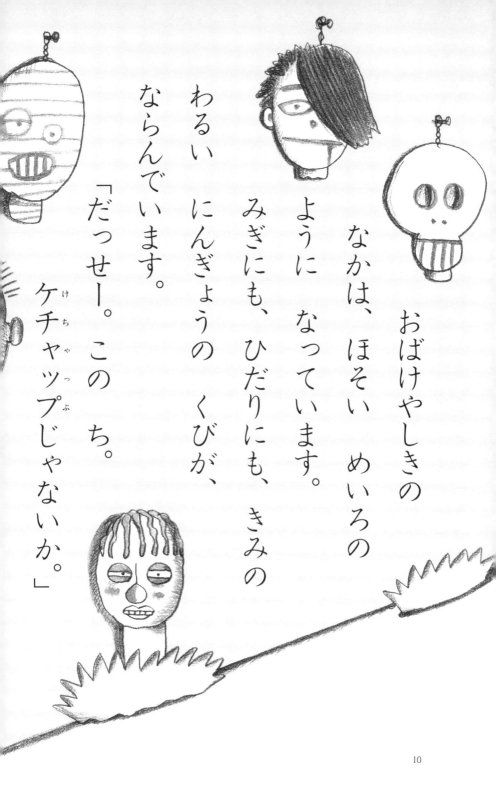

さいしょの　かどを　まがると、
なにか　つめたい　ものが
かおに　べちゃっ。
「うひゃっ、
きもちわるい。」

「わかってるよ。どうせ、
こんにゃくだろう。
……ほらね。」

つきあたりには、
やぶれた しょうじが
あって、ぼうっと
ゆうれいの かげが……。

でも、うらから　のぞくと、

へーえ。
こうなってるのか。
なるほどね。
バレーボール
モップ
さんかくじょうぎ
えんぴつ
ゴム ふうせん
シーツ
ゴムてぶくろ
タオル
マイクスタンド
おもしの いし
ライト

ヒュ《ひゅ》――　ドロドロ《どろどろ》――

「うらめしやあ。」

ぶきみな　おんがくと　いっしょに、

いどから　ゆうれいが

あらわれました。

「あ、ひろくんの　おかあさんだ。」
「こらっ、かいちゅうでんとうなんか
もちこんじゃ、だめじゃないの。
かしなさい。」

「やーだよ。
べーだ。」
だいくんは、
さっさと　さきへ
すすみました。そして、その
つぎの　かどを　まがると、

「ぐすん、ぐすん。こわいよう。」
ちいさな　おとこのこが
うずくまって、しくしく
ないています。みじかい
ゆかたを　きた、ようちえん
くらいの　おとこのこ。

「だれかの　おとうとかな？　みんなと
はぐれちゃったんだな。よしよし。ほら、

いっしょに
いってあげるよ。」
「ありがとう。
おにいちゃん。」
だいくんは、
おとこのこの　てを
ひいて、さきへ
すすみました。

「おかしいなあ。こんどは　ぜんぜん
まがりかどが　みえないぞ。もう　ずいぶん
あるいたような　きが　するんだけど……。
きょうしつなのに、へんだなあ。」

ホーホー《ほーほー》

ホレン《ほれん》　ホレン《ほれん》

どこからか、きみの　わるい　こえが
します。なまあたたかい　かぜも

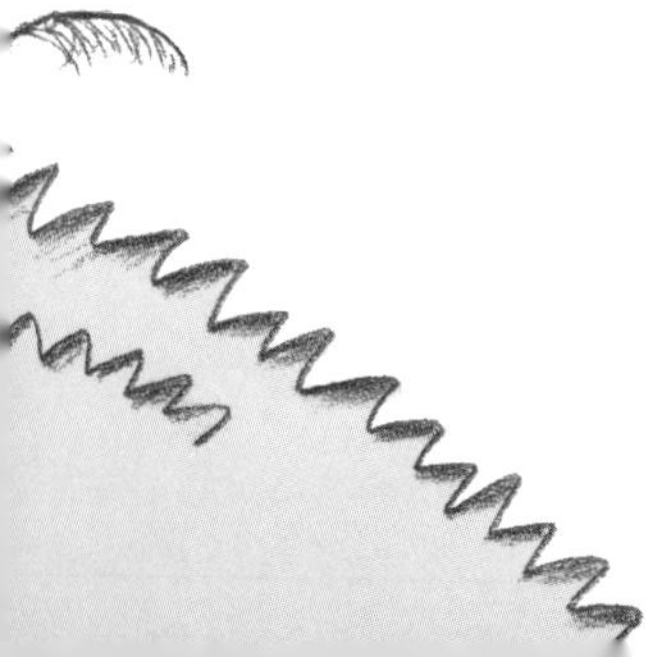

ふいてきます。
　だいくんは
ぎゅっと、
かいちゅうでんとうを、
おとこのこは　ぎゅうっと、　だいくんの
てを、　にぎりしめました。　すると、

むこうから　ふわふわ　ひとだまが
とんできて、みるまに　ちかづき、
「ケ《け》ケ《け》ケ《け》ケ《け》ケ《け》。」
ぐにゅーっと　ひとの　かおに
なりました。
そして、だいくんの　あたまを
かすめて、とんで
いってしまいました。

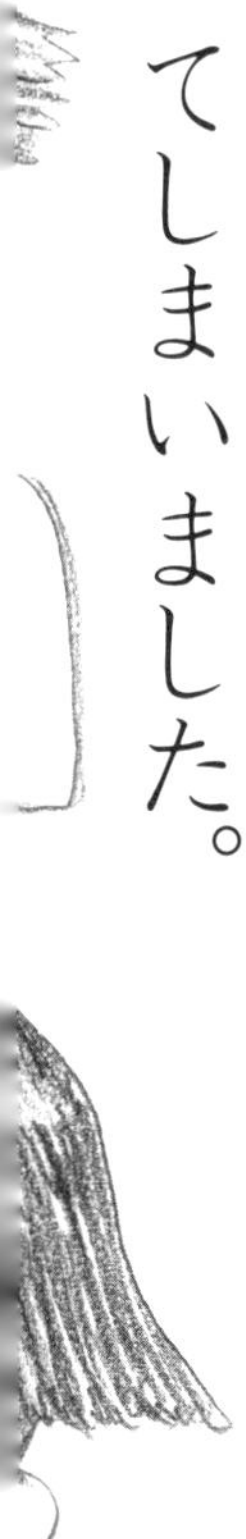

「すっげー、えいがみたい。
どういう　しかけなんだろう。
おかあさんたちも　なかなか
やるなあ。」

やっと、まがりかどが　みえて
きました。そこを　まがると、
「ちょいと　おまちよ。
オ《お》ホ《ほ》ホ《ほ》。」
むかしの　かみを
ゆった　おんなの
ひとが、へいの　うえから、
てまねきを　しています。

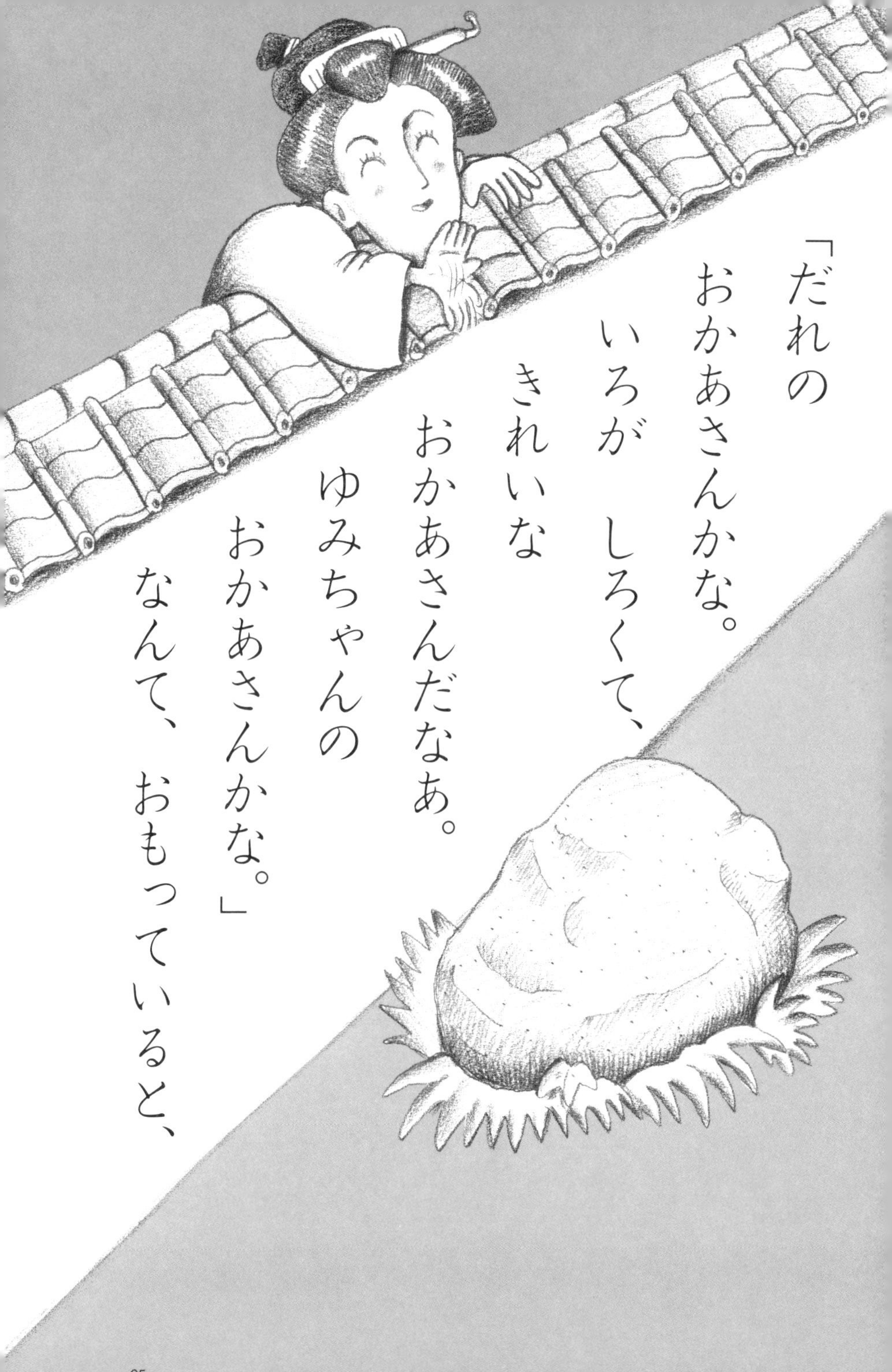

「だれの
おかあさんかな。
いろが　しろくて、
きれいな
おかあさんだなあ。
ゆみちゃんの
おかあさんかな。」
なんて、おもっていると、

とつぜん、くびが　へいを　こえて、
にょろにょろにょろっ。
だいくんは　おもわず、
かいちゅうでんとうを
とりおとしてしまいました。

でも、すぐに　ひろって
ぱっと　ひかりを　むけると、
「ホレン《ほれん》、ホレン《ほれん》。」
ろくろっくびは
かなしそうに
なきながら、へいの
むこうへ
ひっこみました。

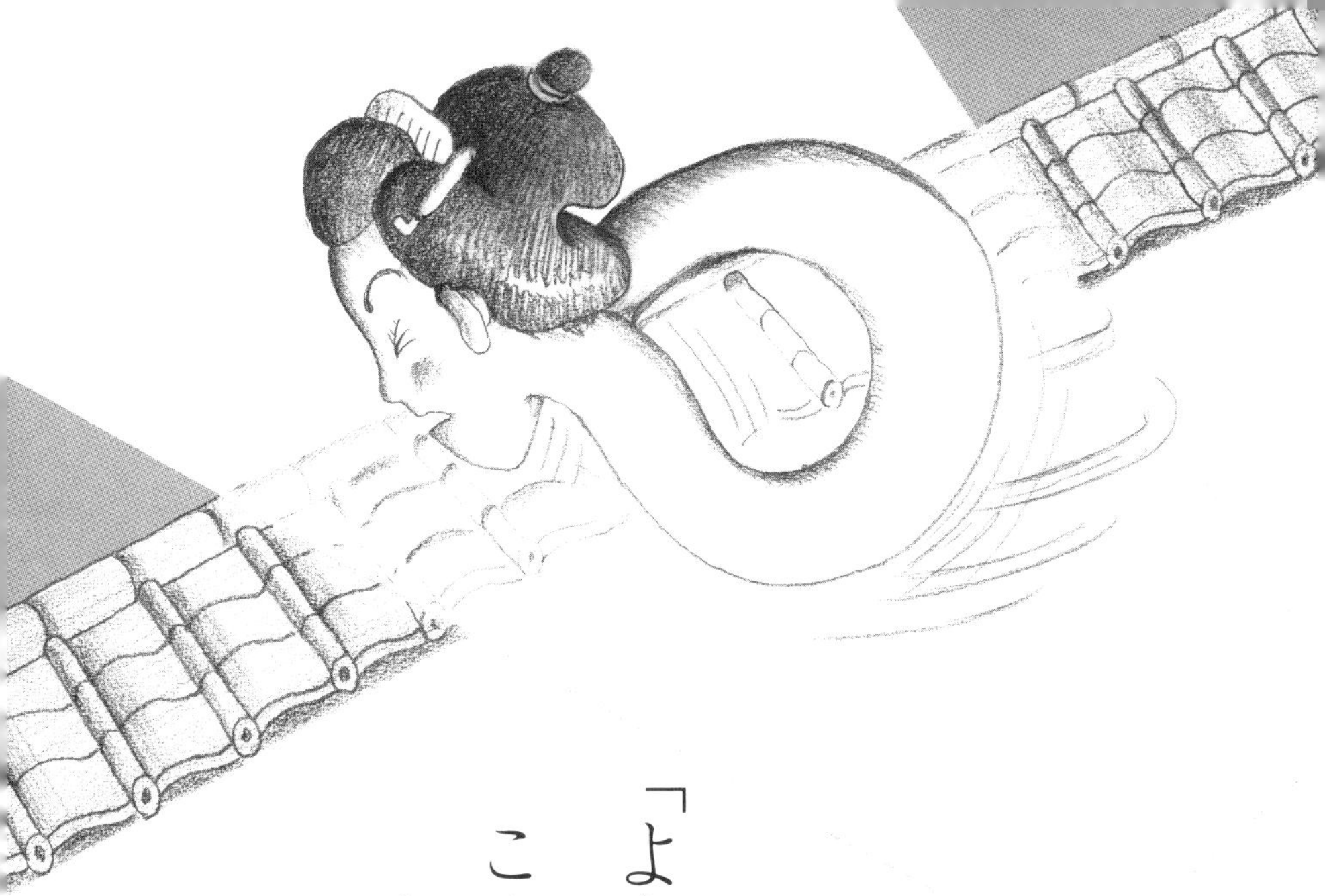

「ようし。
こんどこそ
どんな　しかけか、
みやぶってやるぞ。」

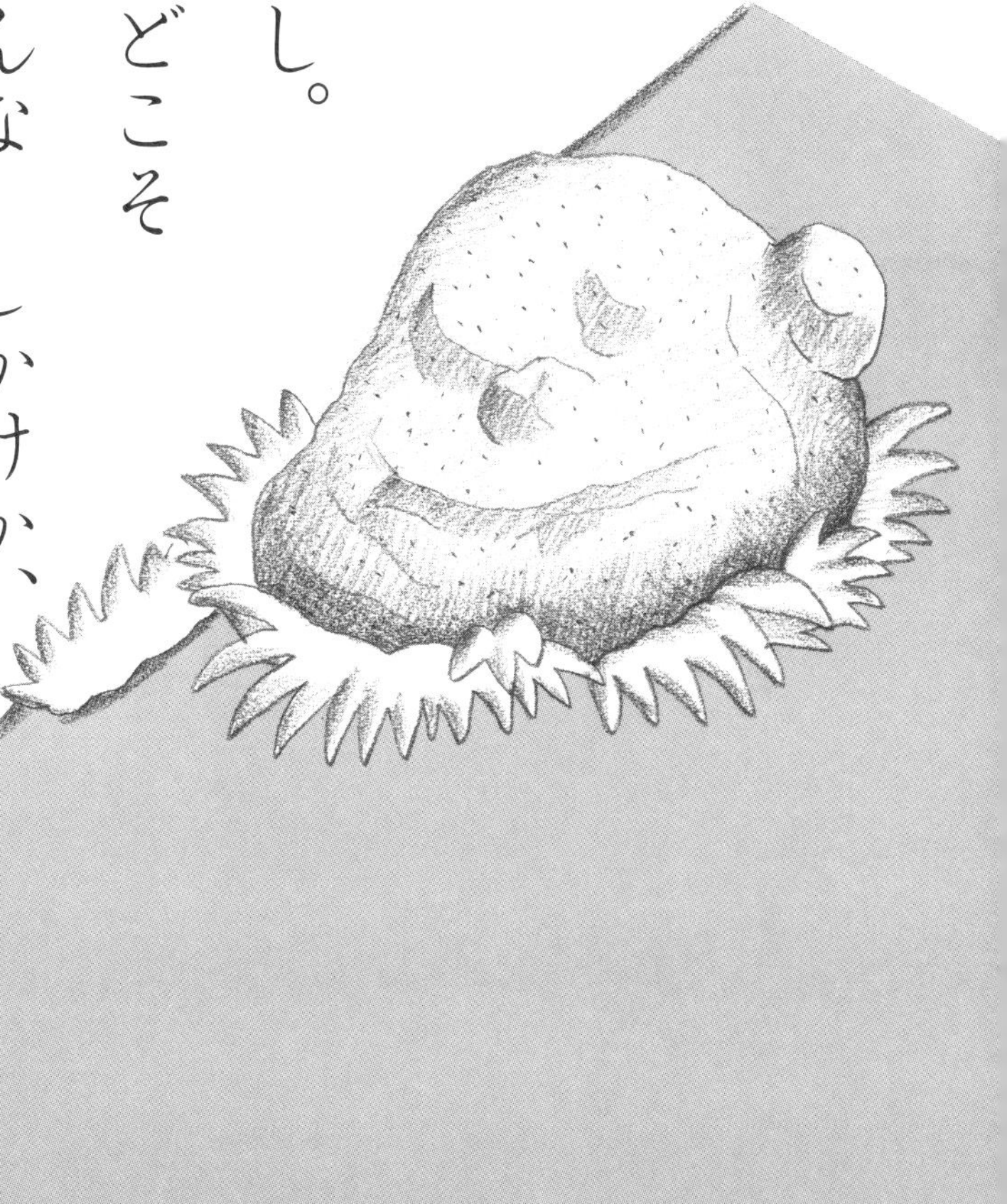

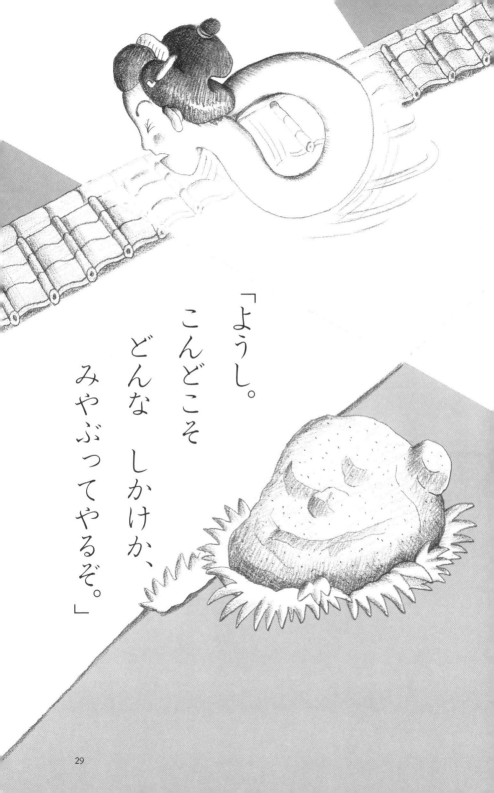

ちょうど、へいの　そばに
おおきな　いしが　あります。
だいくんは、ズボン《ずぼん》の
ポケット《ぽけっと》に　かいちゅうでんとうを
つっこみました。そして、おとこのこに、
「ちょっと、そこで　まってるんだよ。
すぐ　もどってくるからね。」と、
いうと、いしを　ふみだいに　して、

へいに
よじのぼり、
むこうがわに
とびおりました。

そこは、
くさぼうぼうの
はかばでした。
ふわり　ふわりと、
ひとだまが
とびかっています。
はかいしの　あいだを、
すうっと　なにか　しろい　ものが

よこぎったような……。
「な、なんか　へんだぞ。
きょっ、きょうしつって、
こんなに　ひろかったっけ？」
「おにいちゃん、
こわいの？」
どきっと　して
ふりかえると、

あの　おとこのこが
たっています。
「な、なんだよ。
おどかすなよ。
だけど、よく
のぼれたね、あの　へいを。」
「おにいちゃん、こわいんでしょう？」
「うるさいなあ。こわくなんかねえよ。

きっと
もうすぐ
でぐちだよ。
さあ、いくぞ。
……あれっ
かいちゅうでんとうが、
な、ない。さっき　とびおりた
ときに、おっことしちゃったのかな。」

そこで、くさむらを
さがしていると、
あたりが　ぼんやり
あかるくなりました。
ふと　みると、くもの
あいだから　つきが……。

「そ、そんな　はず、ないよ。」
だいくんは、ぷるぷるっと
くびを　ふりました。
「ここは　きょうしつの　おばけやしきじゃ
ないか。あの　つきだって、きっと
ぎんがみで　できているんだよ。そうだ。
おい、うたを　うたいながら、いこうぜ。」
「うん。」

「こういう　ときは、やっぱり
あの　うただな。」
だいくんは　あるきながら、
おおきな　こえで　うたいだしました。

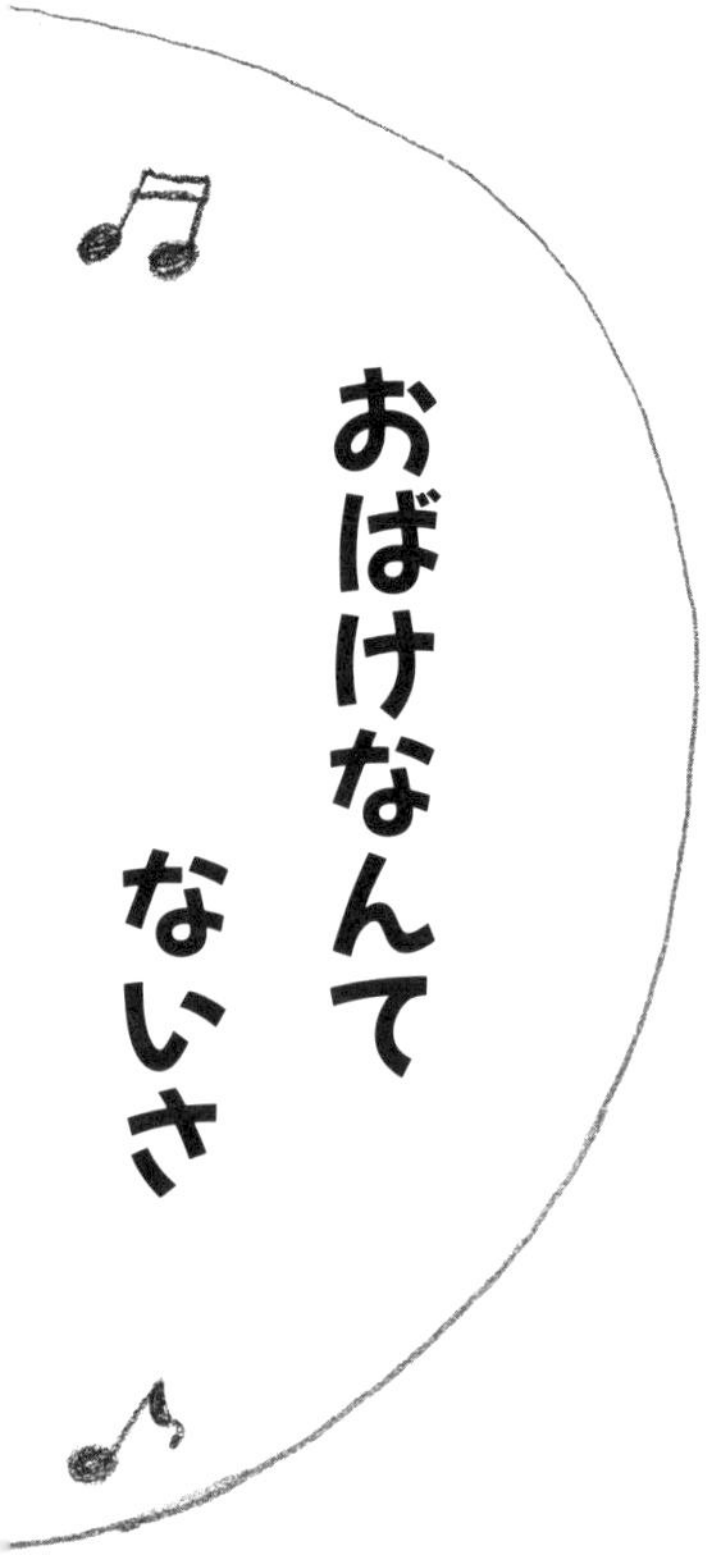

すると、　ざわざわっと　きが
さわぎ、
「よくも、　よくも。」
おおぜいの　こえが　いいました。

「われわれの　いちばん　きらいな　うたを。
よおくも　よくもおぉぉ。」
そして、はかいしの　かげから、
きの　かげから、おばけが
うようよ　すがたを
あらわしました。

「たすけてえ。」
だいくんは ひっしで
にげだしました。

おばけたちは、
どこまでも
おいかけてきます。

よっくも、よくも
ぬおおおぉう。

ぐるぐる
にげまわっているうちに、
かべが　くずれて、
あなが　あいているのに
きが　つきました。

その　あなから、むちゅうで　そとへ
はいだした　だいくんは、あとも　みないで、
いちもくさん。
「ここまで　くれば、もう　だいじょうぶだ。」
ぐったり　よりかかったのは、やなぎの　き。
「しまった！　あのこの　ことを　すっかり
わすれてた。どうしよう。」
すると、

「こわかった？」

やなぎの　きの　うしろから、あの
おとこのこが　あらわれました。

「お、おまえ……。
いつのまに……。」

「くっくっくっ。」
なまあたたかい　かぜが、
どうっと　ふいてきて、おとこのこの
かみを　ふきちらしました。

「み、みつめこぞうだ。
にげろっ。」
でも、みぎへ　いっても、
ひだりへ　いっても、
いけの　なかにも、
きの　うえにも……。

「ああ、
もう　だめだ。
た、たすけて……。」
そのとき、

よりかかった
いたべいが、
くるっと
一《いっ》かいてん
して……。

そこは、
あかるい　がっこうの

こうていでした。みんなが、
サッカー《さっかー》や　ドッヂボール《どっぢぼーる》で
あそんでいます。
「たすかったんだ。おーい、
みんな。」
だいくんは　ほっと　して、
ともだちの　ほうへ
かけだしました。

「どうしたの、だいくん。まっさおだよ。」
ひろくんが　いいました。
「ひとりで、おばけやしきに
はいったりなんか
するからだよ。
それで？　こわかった？」
ともくんが
たずねました。

だいくんが、こくりと　うなずくと、
あきらくんが、
「よっぽど　こわかったんだね。
くちも　きけないなんてさ。」
「い、いやあ。たいした
こと、ないよ。」
だいくんが、ついつい
そう　つよがりを　いった　とたん。

「うそ　つくなよおぉぉ。」
「ほんとは、すごーく　こわかった
くせにいぃぃぃ。」
ふと　みると、
みんなの　かげが
ありません。
だいくんは、
じりつじりりっと

あとずさりしました。
みんなも、じりっじりっと　ちかよってきます。
そこへ、たんにんの
はないせんせいが
とおりかかりました。
「あっ、
せんせい！
たすけて。」

「あら、だいくん。
どうしたぬおぉぉ？」
「げっ、せんせいも
かげが ない。」
「べろべろ。」
せんせいの したが、
へびの ように
のびて、

だいくんの
あたまを　なでました。
だいくんは、へなへなっと　こしを
ぬかしてしまいました。にげようと　しても、
あしが　いう　ことを　ききません。

よつんばいに　なった
ひょうしに、うわばきが
かたほう　ぬげてしまいました。
「おっ、はきものが　ぬげたぞ。」
「いい　かっこうに
なってきたな。」

「こりゃあ、
もしかすると、
いうかもしれんぞ。」
「ほんに　いうかもしれんなあ。」
まわりで　がやがや
そんな　こえが　します。

「いうって……、なにを？」
と、だいくんが　きくと、はないせんせいに
ばけていた　くちさけおんなが、

そんな　ことも　しらないのかい。
にんげんが、おそろしさに　こしを
ぬかして、はきものが　かたほう
ぬげたら、いう　ことは　ひとつに
きまってるわよ。ねえ、みんな。

んだ。んだ。
おそれいりましたにきまっとる。
わ、わかりました。

「うひょーっ。」
おばけたちは、
おどりあがって、
おおよろこび。

「おい
きいたか？」
「きいた
きいた。」
「ついに いったぞ。」
「やれ、まんぞく
まんぞく。」
つぎの しゅんかん、

なにもかも　きえて、
ぎんいろの　すすきが
かぜに
ゆれているばかり。

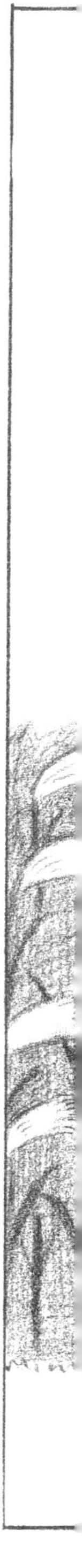

「あーあ。どうすれば、もとの　きょうしつに
もどれるんだろう。」
だいくんは、とぼとぼ　あるいて　いきました。
しばらく　いくと、おおきな　あかい
もんが　たっています。なにやら
さわがしいので、こっそり　のぞいて　みると、

うひょひょ　こんやの　あぶらは　うまいなあ。
おそれいりましたを　きいたのは、ひゃくねんぶりじゃ。

さいきんは、どこもあかるくて、でるにでられんもんなあ。
ああこりゃこりゃ。

それで、だれが いちばん こわがらせたかの？
まっしろな かみの やまんばが いいました。
そりゃあ わちきだわよ。べろべろ。
いんや、わしを みて、

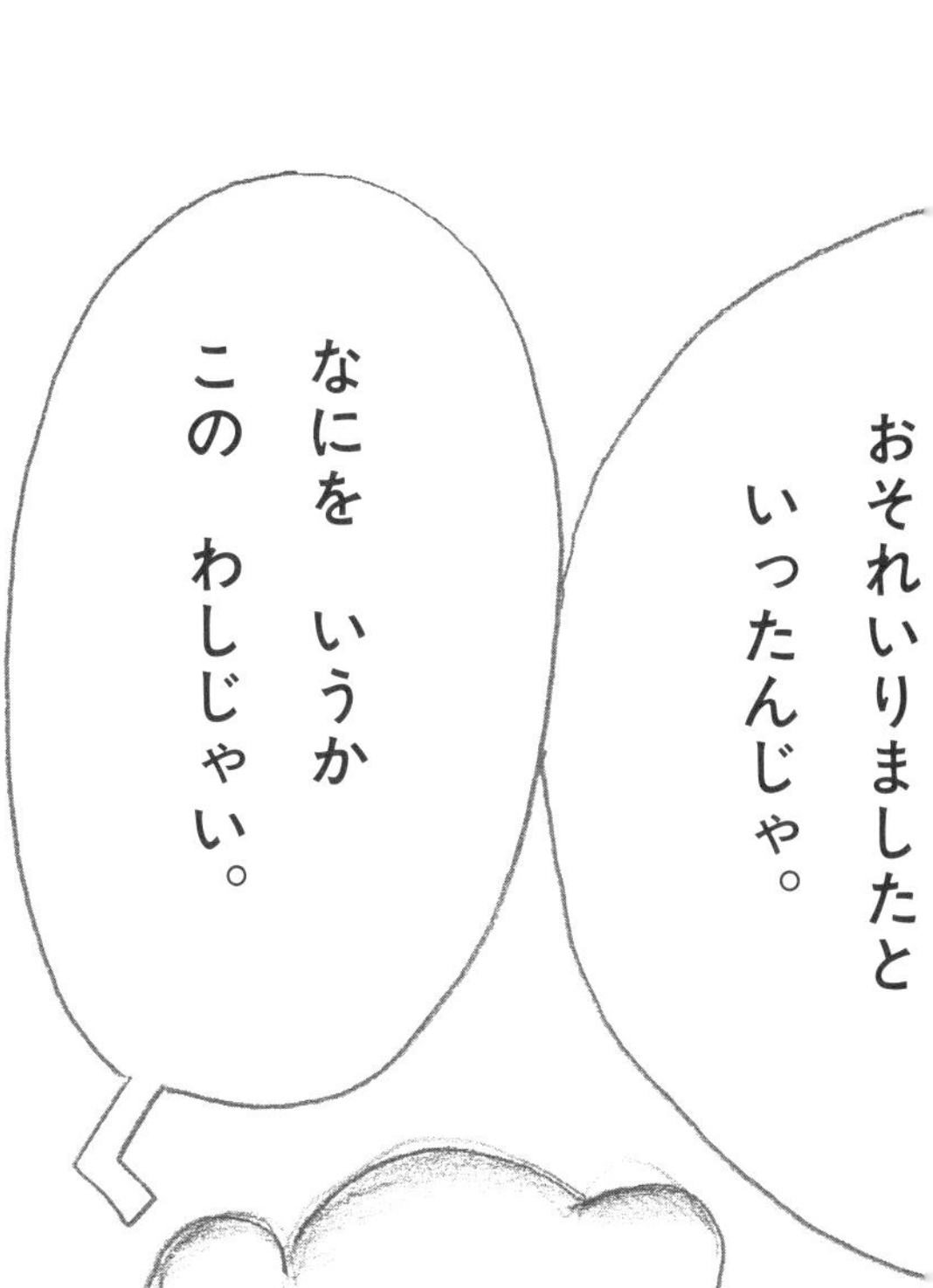

おそれいりましたと　いったんじゃ。
なにを　いうか　この　わしじゃい。

くちさけおんなと、
くびなしの　ぶしと、　おおにゅうどうが、
けんかを　はじめました。

ちょいと　まった。
どうだ、もういちど
あの　ぼうずを
つかまえて、
きいてみちゃあ。

その　うしおにの
ことばに、いっせいに、
「そうだ、そうだ。」
という　こえが

あがりました。
「ギョギョッ《ぎょぎょっ》。」
だいくんは、　くるっと
まわれみぎを　すると、
さっと
かけだしました。
　ところが、
なにかに　つまずいて、

まっくらな　あなの　なかを　まっさかさま。

「うわあっ。」

――どすん！

「いてて……。」

どうやら、
いどの
そこの　ようです。
はるか　うえの
ほうに、ぽっかり
つきが　みえます。

ひっしで　よじのぼろうと　しましたが、
いしが　ぬるぬるしていて、すぐに　すべって、
おっこちてしまいます。
「おかあさあん！」
とうとう　だいくんは、
ふかい　いどの
そこで、わあわあ
なきだして

しまいました。

「いた、いた。」

「こんな　ところに。」

「ちょっと、いたわよう。」

みあげると、いどの　ふちから、
おかあさんたちが　のぞきこんでいます。
「あっ、おかあさん。たすけて。」
「なに　いってるの。はやく
たちなさいよ。」

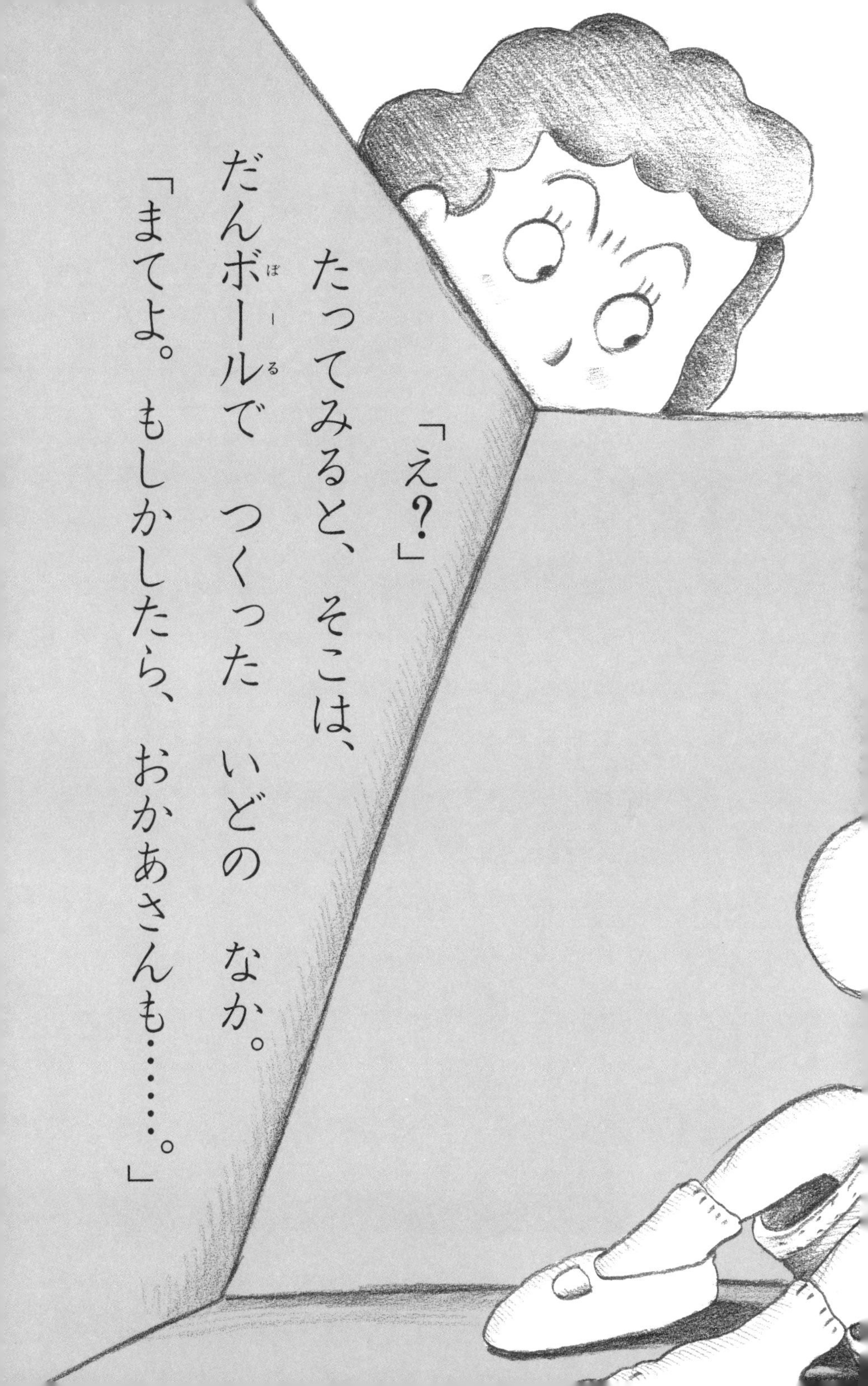

「え？」

たってみると、そこは、
だんボール《ぼーる》で　つくった　いどの　なか。
「まてよ。もしかしたら、おかあさんも……。」

だいくんは、じっと　おかあさんの
あしもとに　めを　こらしました。
きょうしつの　けいこうとうに
てらされて、ぼんやり
かげが　みえます。
ほっとして、
だきつこうとしたら、
「こらっ、だい！

だめじゃないの。みんなに
めいわく
かけて。
おばけやしきに
はいったきり、いつまで　たっても、
でてこないって、おおさわぎだったのよ。」
と、にらんだ　かおは　こわいけど、やっぱり
いつもの　おかあさん。

「だって、おかあさん。ほんとに
こわかったんだよ。
おっかない　おばけが、
いっぱい　でてきて…。」

「ばかねえ。おばけやしきには、
おばけが　いっぱい　いるのよ。
あんたって、あんがい
おくびょうなのね。」
「へええ、だいくんがねえ。」
「いがいねえ。うふふ。」
ほかの　おかあさんたちも、
にやにや　くすくす。

そのひの　かえりみち。
「おかあさん。おばけに　あったら、
どうすれば　いいか、しってる？」
おかあさんと　てを　つないで
あるきながら、だいくんは、いいました。
「あのね、はいている　ものを　かたほう
ぬいで、おそれいりましたって　いえば、
いいんだよ。おかあさんも

おぼえといてね。」

「また、
そんな　こと、
いって。こんど　うわばきを
なくしたら、もう　かって　あげませんからね。」

「くくっ。」
だれかが　わらった
ような　きが　して、
だいくんは　うしろを

ふりかえりました。
でも、がいとうに
てらされた　みちには、
だあれも
みえません
でした。

作者紹介

画家紹介

◆さとう　まきこ

一九四七年、東京に生まれる。上智大学仏文科中退。『絵にかくとへんな家』（あかね書房）で日本児童文学者協会新人賞を、『ハッピーバースデー』（あかね書房）で野間児童文芸推奨作品賞を、『4つの初めての物語』（ポプラ社）で日本児童文学者協会賞を受賞。そのほか主な作品に『犬と私の10の約束　バニラとみもの物語』、『14歳のノクターン』（ともにポプラ社）、『宇宙人のいる教室』（金の星社）、『ぼくらの輪廻転生』（角川書店）、『9月0日大冒険』、『千の種のわたしへ　―不思議な訪問者』（ともに偕成社）、『ぼくのミラクルドラゴンばあちゃん』（小峰書店）などがある。

◆原　ゆたか（はら　ゆたか）

一九五三年、熊本県に生まれる。一九七四年、KFSコンテスト・講談社児童図書部門賞受賞。主な作品に「かいけつゾロリ」シリーズ、「ほうれんそうマン」シリーズ、「イシシとノシシのスッポコペッポコへんてこ話」シリーズ、『サンタクロース一年生』（以上ポプラ社）、「プカプカチョコレー島」シリーズ（あかね書房）、「にんじゃざむらいガムチョコバナナ」シリーズ、「ザックのふしぎたいけんノート」シリーズ（ともにKADOKAWA）などがある。

どっきん! がいっぱい 1
きょうしつは おばけがいっぱい

二〇一五年一〇月 初 版
二〇二〇年一一月 第五刷
作 者 さとうまきこ
画 家 原ゆたか
発行者 岡本光晴
発行所 株式会社あかね書房
東京都千代田区西神田3-2-1
電話 03-3263-0641(営業)
03-3263-0644(編集)
〒101-0065
印 刷 株式会社 精興社
写植所 田下フォト・タイプ
製本所 株式会社 ブックアート
NDC913/85P/22cm
ISBN978-4-251-04321-4

定価は、カバーに表示してあります。
落丁本・乱丁本はお取り替えいたします。
JASRAC 出 1511948-005

どっきん！がいっぱい

さとう まきこ・作　原ゆたか・絵

子どもまつりのおばけ屋敷で、おばけにおいかけられたり、
自動販売機の中に宇宙人が住んでいたり……。
ちょっとこわくて、楽しいシリーズ！

1. きょうしつは おばけがいっぱい

こどもまつりで、おかあさんたちがつくったおばけやしき。そこにひとりではいっただいくんは……？

2. せかいでいちばん ほしいもの

なつやすみのこうえんで、けんくんとかいくんは、おおげんか。サンタさんは、ほんとうにいるのかな……！?

3. なぞの じどうはんばいき

みっくんが、じどうはんばいきでジュースをかおうとすると……。ちがうものばかりでてくるひみつは？

4. ぼくはおばけの かていきょうし なぞのあかりどろぼう

てんこうせいのみよちゃんがきてから、家《いえ》や学校《がっこう》でじけんが。ヒデくんが「おばけやしき」にいくと……！?

5. ぼくはおばけの かていきょうし きょうふのじゅぎょうさんかん

人間《にんげん》のふりをおしえる「おばけのかていきょうし」になったヒデくん。じゅぎょうさんかんのために作戦《さくせん》を考《かんが》えて！?

きょうは　ひさしぶりに　「おそれいりました。」を　きいて、すかっとしたぜ。
たまらんよな、あれは。

かいちゅうでんとうも　一《ひと》つ　いただいたし。これで、よのなかも　一《ひと》つ　くらくなったわよ。
もっと　もっと　にほんを　くらくして、おれたちの　すみやすい　ところに　しようじゃ　ないか。